新潮文庫

すみれの花の砂糖づけ

江國香織著

新潮社版

7030

目次

すみれの花の砂糖づけ

だれのものでもなかったあたし　14
ちび　16
おっぱい　18
じしん　20
うちのバスタブ　22
ふらふら　24
なにもない場所に　26
遊園地　28
カミングホーム　30
誰かあのひとに　32
深夜あなたはそこにいて　34

おすべりだい　36
ちっとも変わっていないのだ　38
妻　40
ぽんぽん丸の思いで　42
錯覚だ、と、思おうとするのに　44
箴言　46
ばかげてあかるい日ざしのなかで　48
眺める子供　50
動物園　52
やかん　54
やかん　2　55
トム　56
うしなう　58

真実　60
あたしはリップクリームになって　62
午後　64
あの日母は台所にいて　68
きたえられた肉体　70
結婚生活　72
また　74
退屈　76
そこにいなさい　78
犬と猫　80
父に　82
アメリカンバーのさくらんぼ　86
アメリカンバーのさくらんぼ　2　88

ポニーテイル　90
夫に　92
5才　94
9才　96
MAGIC　98
エペルネーのホテルの部屋で　100
ゆうべ妹と　102
キス　108
願い　110
雨、コッカスパニエル、3カ月　114
二月五日　116
レストランのバター　118
よそゆき　120

スイート　ホーム　122
ボート　124
私をあなたの人生の一角に　126
願い　2　128
日々　130
私はとても身軽です　132
道が一本ありました　134
無題　136
五時の鐘　138

言葉はいつもあたしをいさましくする

おやつの時間　142
言葉はいつもあたしをいさましくする　144

こんなに晴れた真昼ですから　146
時間　148
子供部屋みたいな寝室で　150
つめたいメロン　152
パルミラにて　154
ぐわりとさびしくなるのでしょう　156
友達の声　160
あたし　コウモリになって　162
おんなが三にん、テーブルで　164
あたしにお説教をするのはやめて　166

解説　町田多加次

口　絵

Prendergast, Maurice Brazil, *Primrose Hill*,
1895-1900, monotype with graphite, 7 3/8 x 5 5/8 inches,
Terra Foundation for the Arts,
Daniel J. Terra Collection, 1992. 98 ;
Photography courtesy of Terra Foundation for the Arts, Chicago

すみれの花の砂糖づけ

すみれの花の砂糖づけ

だれのものでもなかったあたし

すみれの花の砂糖づけをたべると
私はたちまち少女にもどる
だれのものでもなかったあたし

ちび

ちびだった
なまいきだった
めだけはいつもあけていて
なにもかもみてやる
と
おもっていた

おっぱい

おっぱいがおおきくなればいいとおもっていた。
外国映画にでてくる女優さんみたいに。
でもあのころは
おっぱいが
おとこのひとの手のひらをくぼめた
ちょうどそこにぴったりおさまるおおきさの
やわらかい
つめたい
どうぐだとはしらなかったよ。
おっぱいがおおきくなればいいとおもっていた。

おとこのひとのためなんかじゃなく。

じしん

ゆうべじしんがありました
だからあたしは階段をかけおりて
夫に
こわい、と、いいました
夫はもう眠っていましたが
腕をさしのべてくれました
それからリモコンでテレビをつけました
いつも夫はそうするのです
そうすれば状況がわかるとおもっているのです
腕のなかの

あたしの胸のなかも
しらないで

うちのバスタブ

知ってる
蛇口に足を向けてバスタブに沈むと
左ななめうしろがあなたのうち

ふらふら

ばかだね
あたしが犬なら
飼主はあたしにそう言うだろう
いいからここでお寝み
あたしが犬なら
飼主はあたしにそう言うだろう
でもあたしは犬じゃないので
そう言ってくれるひとをさがして
ふらふら
ふらふら

してしまう

なにもない場所に

なにもない場所に
言葉がうまれる瞬間を
二人でもくげきしたね
あれは
夜あけのバスにのって遠い町にいくときの
つめたくうすい青い空気くらいまぎれもない
たんじゅんにただしい
できごとだったね

遊園地

キャラメルの
男の子用のおまけみたいなあなたと
女の子用のおまけみたいなあたしが恋をしたから
世界は急に遊園地になった
閉園時間なんて誰が気にする？
ずっと
遊んでいられるものだと思ってたのに

カミングホーム

そうして私はおうちに帰る
夜中のタクシーの窓をすこしあけて
遊びつかれて
キスもたりて
情熱の言葉をあびて
胸の中だけがからっぽのままで

誰かあのひとに

誰かあのひとに
うばうならすべてうばえと教えてやって
手も足も髪もくちびるも
じん臓も肝臓もすい臓もひ臓も
声も首も血管のいっぽんいっぽんも
はだかでふるえているこどもも

深夜あなたはそこにいて

深夜あなたはそこにいて
私はなぜかここにいる
犬なら遠吠えするのに
小鳥ならとんでいけるのに
猫なら家をすてるのに

おすべりだい

おすべりだい、と、母は言った。
すべりだいにおをつけたらおかしいわよねえ、
と、父に言ったら、
女らしくていいじゃないか、と、父は言った。
いずれにしても
私はおすべりだいが苦手だった。
怖がりだったから。
ふちにつかまって
ずるずるおりた。
頭からすべる子たちなどみると

みのけがよだった。
あなたは知っていたんでしょう?
だからあの日、腕のなかで、
怖がらなくてもいい、
と、
いったんでしょう?

ちっとも変わっていないのだ

もう　どうでもいい
と、おもうことがある
男も
恋も
もう　どうでもいい
遠い日、図書室の窓際の席で
そうおもったように

さわらないで
と、おもうことがある

誰も
なにも
あたしに近づいてほしくない
遠い日、裏庭のシーソーのそばで
そうおもったように

妻

〝妻〟
そのばかげた言葉のひびき
これはほら
あれに似ている
〝消しゴム〟
ちょうど　おなじくらいの言葉の重さ

ぽんぽん丸の思いで

湯舟にぽんぽん丸をうかべて
ろうそくの炎でそれを動かしてくれた男のひとを
全身で
こどものように
愛し
信頼した
遠い
夜
湯舟にうかべたぽんぽん丸で

世界を一周させてくれた男のひとを
すすり泣くように
犬のように
愛し
信頼した
遠い
夜

あのはなやかな船上パーティも
ひとびともシャンペンも音楽も
月も海もくらげも
ぽんぽん丸の
思いで

錯覚だ、と、思おうとするのに

錯覚だ、
と、思おうとするのに
子どものあたしがいやいやをする
あたしみたもん、
と、言う。
あたしさわったもん、
と、言う。
子どものあたしが頑として、
あたし抱かれたもん、
と、言う。

箴言

あなたは私の子どもでもつくるべきだったのであって
子どものあたしに手を出すべきじゃなかった

ばかげてあかるい日ざしのなかで

ばかげてあかるい日ざしのなかで
あたしはその教会の中庭に
一人の男と立っていた
あのガーゴイルになりたい
と、あたしが言ったら
一人で？
と、男がきいた
それで　あたしたちは約束をした
いつかガーゴイルになるときは
いっしょに

ぴったりくっついたかたちで
えいえんに
はなれないガーゴイルになろうと
あのとき
どうして一人でガーゴイルになってしまわなかったんだろう
あのときなら
男は追ってきてくれたかもしれなかったのに
ばかげてあかるい日ざしのなかで
いっしょに
ガーゴイルになれたかもしれなかったのに

眺める子供

眺めていた
校庭を
教師を
ほかの子供たちを
じかにさわれる
石や
砂や
下駄箱や
朝礼台の方が
ずっとしたしい気持ちがしていた

それでも
眺めていた
校庭を
教師を
ほかの子供たちを

動物園

ほんとうは
動物園になんかいきたくなかった
ただ
動物園にいきたいといってあげるしか
なかった、あの日
父もたぶん
動物園になんかいきたくなかったのだ
動物園はくさいし
歩きつかれるし
それにかなしい

ほんとうは
動物園になんか
いきたくなかった、あの日

やかん

やかんをみていた
家というもののふしぎのなかで
父がいて　母がいた
穏やかで　日あたりがよく
幸福とよんでも　かまわない
ただ
やかんをみていた
からっぽのからだで
家というもののふしぎのなかで

やかん　2

あたしがやかんをみていたことを
あなたは知っていると思っていた

トム

なんとなくトムというかんじだ
と、おもったので
夫をトムとよんでみた
トムはよこめで私をみて
それやめて
というかおをした
でもトムというかんじだったので
私はなおも
トム　といって
夫にぺたりと

くっついた
うちの
トム

うしなう

私をうしないたくない
と
あなたはいうけれど
私をうしなえるのは
あなただけだよ

遠くにいかないでほしい
と
あなたはいうけれど
私を遠くにやれるのは
あなただけだよ

びっくりしちゃうな
もしかしてあなた
私をうしないかけているの？

真実

朝、一人でのむコーヒー
雨の日は雨の日の味のする
曇りの日は曇りの日の味のする
雪の日は雪の日の味のする
晴れた日は晴れた日の味のする
あの一杯のコーヒーのためだけに
生きているような気がする

あたしはリップクリームになって

あたしはリップクリームになって
あなたのくちびるをまもりたい
日ざしからも寒さからも乾燥からも
あなたのつまのくちびるからも

午後

草の上
木の枝の下
私たちはできるだけくっついていられるように
むきあって
抱きあったまますわった
随分ひろい公園なのに
私たちのつかう地面はこんなにすこし
あなたの膝のあいだに私の腰
私の膝のあいだにあなたのわきばら
うえをむいて目をつぶったら

まぶたに日があたって　きもちよかったので
私は
まぶたに日があたってきもちいい
と、言った。
すると、とじたまぶたに
やわらかな唇がおちてきた
やわらかな、ひんやりとした。
それで私は
唇のほうがもっときもちいい
と、言った。
あ、あ、あ、あ
あなたが私ののどに唇をはわせたので
私はそっくりかえってしまって

木の枝の上
草の下
むこうの噴水が滝にみえたよ
あなたの腕のなかで

あの日母は台所にいて

あの日母は台所にいて
あたしはいただきものの角砂糖の缶にのっかって
窓から外をみていた
あなたはそれを　知っていたと思っていたよ
あたしは　はだしだった
缶にはすみれの花の絵がついていた
あなたはそれを　知っていたのではなかったの?
たったひとりで生まれてきたことを
わけもわからず　それでも生きてきたことを
ほめてくれたのではなかったの?

きたえられた肉体

あたしはからだがやわらかいので
あなたの下で
どんなかたちにもなれるよ
でも
あなたはこころがやわらかいので
あたしの言葉のとげなんて
みんなきゅうしゅうしちゃうんだね
暴力的なつもりの言葉さえ
消化吸収しちゃうんだね
さすが　きたえられた肉体だね

けんぜんなたましいだね
はがたたないよ

結婚生活

反抗期の中学生と
生意気な小学生が
一緒に暮らしているみたいだね
でも
あなたが泣けば
あたしは抱きしめてあげるし
あたしがなにをしても
あなたはそばにいてくれるね

また

はてしのない場所にいた
草いっぽんはえていない
だれもいない
こころぼそい場所に

おとなになって
世の中は秩序だち
緑豊かな涼しい場所で
私は仲間と安心を得た

それなのに、また

あなたに会って
こんなに遠くまで来てしまった
草いっぽんはえていない
こんな荒れはてた
こんなさびしい
こんな茫々とひろがるはてしのない場所に
また

退屈

遊びにいってきます
と　いって
おもてにでても
どうしていいかわからずに
へいにもたれて
立っていた。
せかいぜんぶをむこうにまわし
ひとりぼっちだった
あの日。
しじみちょうと　とかげだけは

すこし
仲間だった。

そこにいなさい

飼い慣らされた男なんてきらい
門限のある男なんて大きらい
あたしは一人で旅にでるよ
どこまでもいくよ
山も海も砂漠もこえて
子どものころみたいに決然と
だれ一人信じるものか、と、思いながら
どこまでもいくよ
おいかけてもむだだよ
あなたのあのうつくしくかたちのいい腕は

ぜんぜん届かない
そんな場所からじゃね
あなたのあの力強く澄んだ目も
ぜんぜん役に立たない
そんな場所にいちゃあね
飼い慣らされた男なんてきらい
門限のある男なんて大きらい
あなたがそんな場所にいるあいだに
あたしは地球を4周もしちゃったよ

犬と猫

夜中
よっぱらって帰るとちゅうで
ちょっと吐きました
ちゃんとシャワーをあびたのに
ベッドにもぐりこんだら
眠っていた夫が
ゲロくさい
と、言いました
犬みたいに鼻がいいのね
あたしは言い

でも夫はもうなにも言いませんでした
それであたしはしかたなく
野良猫みたいに夜遊びする妻だな
と
じぶんで言って
寝ました

父に

病院という
白い四角いとうふみたいな場所で
あなたのいのちがすこしずつ削られていくあいだ
私はおとこの腕の中にいました

たとえばあなたの湯呑みはここにあるのに
あなたはどこにもいないのですね

むかし
母がうっかり茶碗を割ると

あなたはきびしい顔で私に
かなしんではいけない
と　言いましたね
かたちあるものはいつか壊れるのだからと
かなしめば　ママを責めることになるからと
あなたの唐突な
――そして永遠の――
不在を
かなしめば　それはあなたを責めることになるのでしょうか

あの日
病院のベッドで
もう疲れたよ

と言ったあなたに
ほんとうは
じゃあもう死んでもいいよ
と
言ってあげたかった
言えなかったけど。
そのすこしまえ
煙草《たばこ》をすいたいと言ったあなたにも
ほんとうは
じゃあもうすっちゃいなよ
と
言ってあげたかった
きっともうじき死んじゃうんだから

と。

言えなかったけど。

ごめんね。

さよなら、

私も　じきにいきます。

いまじゃないけど。

アメリカンバーのさくらんぼ

たったひとつぶのさくらんぼで
一生涯生きていかれると思っているの?
たとえあのひとつぶに
幾億の夜がとじこめられていようと
この世のすべての真実がこめられていようと
たったひとつぶのさくらんぼで

アメリカンバーのさくらんぼ　2

もうこうなったら
たったひとつぶのさくらんぼで
一生涯生きていかれるものかどうか
ためしてみる？
たとえ
バーン・ジョーンズや　ウィリアム・モリスや　ロゼッティに
無茶だと笑われるとしても
あたし
あなたとなにかためすの
だいすきよ

それがあたらしいことなら
なおさら

ポニーテイル

去年のクリスマスに
母が植木を贈ってくれました
ポニーテイル
という名前の
細い葉っぱがするするとカールした
美しい緑の木でした
私が植木を枯らす名人だということを
母はいつも忘れてしまうらしいのです
母と私は
あまり似ていません

夫に

あたしたち
いつも花火をのこしちゃうね
どうしてだろう
はりきって庭にでるのに
庭は蚊がくるし
あなたはほんとははやくへやの中に戻って
テレビがみたいのね
のこった花火は冬までそのままで
冬のある夜
とつぜん思いたって全部するんだよね

いつも
でも　あたしたち
夏になると花火を買うね
はりきって庭にでるのね
おかしいね

5才

キャンディをつなげたくびかざりや
花束のかたちのチョコレートは
美しくないし
あまりおいしくもないということを
知っていた
でも
好きだった
キャンディをつなげたくびかざりや
花束のかたちのチョコレートは
甘やかされているしるし

9才

母と肉屋にいくたびに
私はレバーに見入っていた
ガラスケースの前につっ立って

ケースの中のそれは
つめたそうに
気持ちよさそうに
つやつやと濡れてひかっていた

あれを食べたい

とか
あれにさわりたい
とか
私が言うと　母は顔をしかめた
母は決してそれを買わなかった
そして
あなたは残酷ね
と
言うのだった

MAGIC

私は
あなたのために
香りをえらぶ
MAGIC
という名のボディローションを
あなたの指や
唇の
這《は》う場所にたくさん
すべりこませておく
あなたの体温でたちのぼるように

私たちの
甘い
時間のために
記憶のために
いくつもの
秘密のために
匂い、のこるかな
と
あなたが気にしても
それは
あなたの問題です

エペルネーのホテルの部屋で

エペルネーのホテルの部屋で
鳥たちの声のなかで目覚め
窓をあけ
私は、ホーム、とつぶやいた
私はホームごと旅をしている
あなたごと
私の帰る場所ごと

ゆうべ妹と

ゆうべ妹とお酒をのんだ
フェルマータというバーで。
そのバーに私は
前に何度かいったことがあった。
りんかくのきれいな
やけに正直な男と。
その男と私は愛しあい
辞書がかけるくらいたくさんの言葉をついやして語りあい
野蛮で甘美ですばらしいセックスをして
死んでも離れないと言いあった。

それはともかく
ゆうべ妹とそのバーで
ひさしぶりにお酒をのんだ。
二人とも果物をつかったカクテルを二杯ずつのみ
いちごをたべた。
妹はおなかがすいていたので
サラダとソーセージとスパゲティもたべた。
妹は恋をしていると言った。
その男は昔自転車で旅をしたのだという。
夜中に妹に電話をかけてきて
その旅の話をするそうだ。
妹は電話をしながら地図をひろげて
その男の旅したとおり

しるしをつけた。
いいじゃない
私は言った。
好きな男とつきあったり、
いっしょに暮らしたりするのはきっとたのしいわ。
妹はその男と四谷を歩いた話をした。
四谷で男とおそばをたべて
それから土手を散歩したのだそうだ。
いいじゃない
もう一度私は言った。
ほかに何を言えるだろう。
私たちは何とかいうカナダのピアニストのコンサートを聴いた帰りで、
音楽のせいで気分がよかった。

その夜、ピアニストは
アンコールに四度もこたえ
そのうち一度は左手だけで
すばらしい演奏をした。
今夜のことを詩にしてもいい？
ほらたとえばカーヴァーみたいな。
私が訊くと
妹はすぐに
うんいいよ
とこたえたけれど
カーヴァーを読んだことなどないであろう妹は
でもそれどういうの
と

つづけて訊いた。
冬の夜だった。
窓の外は東京じゅうみわたせる夜景で
バーテンは何度もやってきては
灰皿をとりかえた。
ゆうべ妹と
フェルマータというバーで。

キス

夜あけの路地でキスをしたね
シーツのあいだでキスをしたね
国境の橋の上でキスをしたね
空港でキスをしたね
バスタブでキスをしたね
歩きながらキスをしたね
笑いながらキスをしたね
酔っ払ってキスをしたね
ねぼけまなこでキスをしたね
砂浜でキスをしたね

サックスをききながらキスをしたね
バスを待ちながらキスをしたね
日ざしのなかでキスをしたね
美術館でキスをしたね
テントの中でキスをしたね
遊園地でキスをしたね
カニを食べながらキスをしたね
船の上でキスをしたね
グランドのわきでキスをしたね
交番の前でキスをしたね
階段の途中でキスをしたね
夕暮れにキスをしたね

願い

いつまでも　いつまでも　あなたと寝たい
私の願いはそれだけです
よあけも　まひるも　夕方も
ベッドであなたとひとつでいたい
雨のひも　風のひも
風邪ぎみのひも　空腹のひも
がっしりくっついて　あなたといたい
私の細胞のひとつひとつが　あなたを味わう
あなたの細胞のひとつひとつが　私でみちる
体中の血がいれかわるまで

体温をすべてうばうまで
もう足の指いっぽん動かせない
と
あなたが言うまで
もう寝返りもうてない
と
私が言うまで
もう首がもちあがらない
と
あなたが言うまで
いつまでも　いつまでも　あなたと寝たい
くっついたまま　としをとりたい
何度も何度も　あなたとしたい

地球があきれて
自転も 公転も
やめるまで

雨、コッカスパニエル、3カ月

けさ、雨を庭にだしてみました
はじめは　しりごみしていましたが
芝生の上をふしぎそうに歩いて
きもちよさそうにおしっこをしました
落ちていた白い椿の花を
やおら　ぱくりと　たべてしまったので
私はびっくりしました
大丈夫ですよ、犬ですから
雨は背中でそんなことを言ったようでした
それならいいけれど

私はそうこたえましたが心配でした
それ、だれですか
植込みに鼻をつっこんだ姿勢で
雨がふいに言いました
あなたが　しじゅう考えている男
一緒に庭にでられない男なんていないないもおなじ
さわれない男なんていないもおなじ
僕のほうがずっと役に立ちます
そう言って
すこやかなうんちを一つ　しました

二月五日

きょうは
スイートにすごそう
結婚記念日だから。
私たちがまだ一緒にいることを
あなたが
よかったと思ってくれてるといいんだけど。
たとえあなたが黙りこむようになり
私が泣かなくなったとしても。
私はあなたのやわらかいおなかと
長すぎる腕と脚が好きよ

だから
ここには何の問題もない
というふりをしましょう
二人で
きょうは

レストランのバター

レストランのバターはまるく
銀のうつわに入っていた
あたしにはそれが好ましかった
ちょっととくべつに思えた
人生があんなふうにまるく
銀のうつわにきれいにならんで
さしだされているものだと思いこんでいた
ほしい
と言う前から目の前にあると。

よそゆき

よそゆきの服はきらいだった
それはひどくよそよそしく
タクシーに酔う恐怖を思いださせたから
母の香水の匂いと
私のぐずに苛立つ父の
眉間のしわを思いださせたから
よそゆきの服はきらいだった
しかめつらで着ていた
沈んだ心のにおいがした

スイート　ホーム

私はどうしてここをでていこうとしているんだろう
私はここが好きよ
ピンクだし

外は大雨
でも
このうちのなかにいれば安心
バスタブで本をよんでいるとね
カエルの声がするの

私はどうしてここをでていこうとしているんだろう
私はここが好きよ
私たちのうちだし

ボート

あなたはとても体温が高いね
肩に歯をたてたら
あなたの髪が　海原になった

すべらかな背中
きっちりといい恰好に盛りあがったおしり
あなたの体は　あたたかな木のボートみたい

ボートの上で
私は眠る

私は笑う
どのくらい遠くまでつれていってくれるの
誰も
なにも
追いかけてこないくらい遠くでしょう?
綱は
もう切っちゃったよ
もしあてにしてるなら

私をあなたの人生の一角に

私をあなたの人生の一角に
ぐあいよく収めるのはやめて
私はそこに
収まらない
私たちは放浪者だったでしょう?
収拾のつかない家出娘と
手におえない家出息子だったでしょう?
葉のそよぎだったでしょう?
水の音だったでしょう?
熟れた一つのキウイだったでしょう?

月の凍る冬の空だったでしょう？
ハミングだったでしょう？
雨だったでしょう？
風のうなりだったでしょう？
砂浜の砂つぶだったでしょう？
バターのしみた　一きれのトーストだったでしょう？
私をあなたの人生の一角に
すっぽり収めるのはやめて
私はそこに
収まらない

願い　2

私は森へ帰りたい
あなたと二人で　帰りたい
なにもいらない
はだしでも平気
枝も　石も　とげも　なにもかも
じぶんのあしのうらで
ちゃんとふみしだく
だから
私は森へ帰りたい
あなたと二人で　帰りたい

日々

昼間
夫と手をつないで
スーパーマーケットにいきました
夫のおすカートに
果物や
牛乳や
トイレットペーパーや
卵や
かつおぶしや
たらこや

ミネラルウォーターや
そうめんを
どんどんいれる
つぎつぎいれる
これ全部食べきる前に
別れたらどうしよう
と
そのつど本気で考えながら
もう6年が
たちました

私はとても身軽です

浴衣をきるのはひさしぶり
あとは余生
と
おもうので
私はとても　身軽です
赤いはなおの黒い下駄
いけるところまでいきましょう
と
きめたので
私は　いまや　勇敢です

夏の夜は闇が濃く
風が甘く
ひいやりとして
いい匂い
そばにいる
と
いってくれてありがとう
でも　あなたはここにいないので
私はとても　身軽です

道が一本ありました

夕暮れに
道が一本ありました
ほかにはなにも
ありません
ほかにはだれも
みえません
夕暮れに
道が一本ありました
しんとしたきもちで
私はそこに

白く　もちりとした二本の足で
ひとりで立っているのでした
暮れていく空と
目の前につづいている道を
ただ　じっと
にらんでいるのでした
歩く
ということを
ようやく　おもいつくまで

無題

どっちみち
百年たてば
誰もいない
あたしもあなたも
あのひとも

五時の鐘

五時の鐘が鳴ったら
うちに帰ることになっていた
遊んでいても
たのしくても
帰りたくなくても。
心のどこかで
私はいまでも鐘を待っている
いつも
誰といても
たぶん

言葉はいつもあたしをいさましくする

おやつの時間

黒砂糖のかかったかりんとをじゃこじゃことかみくだき
あたしはこんなに大きくなった
にえたぎる池みたいに熱く、なめらかな苔みたいな緑色をしたお茶をのみ
あたしはこんなにたくましくなった
おもいのほかかたく、おもいのほかやさしい味のするあげたてのドーナツで
口のまわりをじゃりじゃりと砂糖だらけにして
あたしはこんなに勇敢になった
いくつものおやつを
いくつもの日々のヨロコビを
かみくだき　かみちぎり　しゃぶり　あじわい　ながめ　なめとり

かみしめ　たのしみ　のみこんで
あたしはこんな
にんげんになった

言葉はいつもあたしをいさましくする

あたしはひとりぼっちだ
と　電話で妹に言ったら
それがどうした
と　妹が言うので
どうもしないさ
と　あたしはいさましくこたえた
言葉は
いつもあたしをいさましくする

こんなに晴れた真昼ですから

こんなに晴れた真昼ですから
洗濯物を干しながら
空にあなたの横顔をかいてみましょう
かつて私が恋をした
かつてよそのひとだった
あの男の横顔です

洗濯物はとてもいい匂いがしますから
いくつかの　小さな
棘みたいな出来事は忘れましょう

かつて私に恋をした
かつて私を欲しいと言った
あの男がまだどこかにいるなら

それにしても随分青い空です
ほら　私はちゃんと
空にあなたの横顔がかけます
いまごろ会社という場所にいる
私のことなど考えてもいないにちがいない
あの男の横顔です

時間

時間は敵だ
ときが経てば傷はいやされる
せっかくつけてもらった
傷なのに

子供部屋みたいな寝室で

お風呂で推理小説に読み耽っていたら
夜があけたので　したに降り
したに降りると　夫がいたので
二人でコーヒーとクロワッサンをたべました
どこにいたの、と、夫に尋ねると
ここにいた、と、夫はこたえました
テレビみてたらねてしまった、と
どうして起こしてくれなかったの、と言うので
私は、本を読んでいたから、と、こたえました
それから私たちはしばらく黙って

コーヒーとクロワッサンをたべおえました
雨がふっていて肌寒く
まだとても早い時間でしたので
私たちは寝室にひきあげて眠りました
それぞれべつべつの夢をみながら
でも一緒にぐっすり眠りました
にちようびのあさねです
カエルの王様が壁で見守っていてくれる
子供部屋みたいな寝室で

つめたいメロン

つめたいメロンをたべながら
「つめたいメロン
つめたいくちびる
官能的なきもちになりました」
と　言ったら
あなたはおどろいて
あわててコーヒーをのんだね
きもちよ、きもち
あなたと私は全然ちがうね
つめたいメロン

つめたいくちびる
しずかな昼下がりです

パルミラにて

砂漠のまんなかで
黒砂糖の味のするビールをのんでいたら
あたしはトカゲになりました
四つの小さな足のうらで
砂漠の上をぴたぴとと走る
かわいたうす茶色の
やせっぽちのトカゲでした
まわりをみまわしてもあなたはいませんでしたので
しかたなくあたしは一人でぴたぴとと走って
日かげにじっとうずくまりました

砂とおなじ色ですので
誰の目にもつきません
風だけが見ていたと思います
あたしは　たぶん
もうそこには帰れません

ぐわりとさびしくなるのでしょう

空港に降り立つと雨が降っていて
それだけであたしは
ぐわりとさびしくなりました
それはこおりの雨でした
ポケットの小銭をいいかげんに手のひらにのせ
バスの運転手にとってもらいました
あたしは銀色の棒を握って立ち
降りそこなわないよう
目をこらしていました
夕方で　街はぬれていました

あたしはもう子供じゃないのに
子供みたいにぽつんと
バスに揺られているのでした

ホテルのバーはあたたかく
それだけであたしは
泣きだしたくなりました
安心しそうになりました
カウンターのすみのあの男の人が
あなたならよかったのに
ホットバタードラムの湯気
あたしはもう子供じゃありませんから
お酒をのんでもいいのです

さておへやに戻って荷物をほどきましょう
熱いお風呂に入りましょう
あしたの目をさましたらまたあたらしく
ぐわりとさびしくなるのでしょう

友達の声

友達の声がききたくて
うすぐらい書斎で
かたいビスケットをかじりながら
待っています
男でも
女でも
古い友でも
新しい友でも
誰かが私をおもいだしてくれやしないかと
いまおもいだしてくれやしないかと

むずかしい顔をして
待っています

あたし　コウモリになって

あたし
コウモリになって夜の森に住みたい
コウモリって愛敬のある顔をしてるの、知ってた？
あたし
コウモリになったらブドウだけ食べて暮らすわ
みどりのじゃなく　深いむらさきいろのブドウ
ほそっこい脚で
木の枝にさかさまにぶらさがり
その恰好で思索に耽る
恋なんか絶対にしない

闇夜にはひょいととびまわり
月夜には安心して眠る
あたし
コウモリになって夜の森に住みたい
コウモリって賢いの、知ってた？

おんなが三にん、テーブルで

くちべにのいろがあっているかどうか
でがけになんどもたしかめて
おんなが三にん　テーブルで
わらいながら　たべ
わらいながら　のみ
こういうのひさしぶりね
ほんとうにひさしぶりね
あかいワインをグラスにはいのんだだけで
じぶんのこえがおおきくなっていやしないかと
きにしながら

ねえ　あたしたち　おばさんにみえるのかしら
そうね　たぶん　みえるわね
てのうえでゆびわがきらきらして
いろんなこうすいがふわふわして
ねえ　あたしたち　きるもののしゅみがちがうわねえ
猫みたいなおんなと
樹木みたいなおんなと
パイナップルみたいなおんなと
これおいしいわね
これもおいしいわよ
でもね　あたしほんとはね
おとこのひとのいないところで
ごはんをたべるのはきらい

あたしにお説教をするのはやめて

あたしにお説教をするのはやめて
お説教は　だいきらい
あたしはただ
ちょうちょを真近でみたかっただけ
あさつゆに濡れた草を
はだしでふんでみたかっただけ
おひさまのにおいをかぎたかっただけ
風にさわってみたかっただけ
おもてで
そして　じぶんで

あたしにお説教をするのはやめて
こんなにいいお天気なのだから
こんなにしあわせなきもちなのだから
ほんと
あたしのなかには
はちきれそうに野蛮なこどもが住んでるの
あたしにお説教をするのはやめて
お説教はだいきらい

解説

町田多加次

私が、昭和八（一九三三）年生まれですから、江國香織さんは、私より三十歳以上も若い、女性詩人なのであります。

平成十二（二〇〇〇）年に出た、『文藝別冊・心の詩集』というアンソロジーで、私は、初めて、江國さんの詩を読みました。「父に」という作品であります。（この文庫では、八二ページに掲載されています）

沢山の詩の中で、「父に」は、くっきりと私の印象に残りました。けれど、それは、衝撃をうけたとか、感動的であったとかいう類《たぐい》のものでは、なかったのです。

お父さんの死をうたっていながら、深い悲しみに溺《おぼ》れてしまって目を真っ赤に泣きはらしているという風でもなく、冷静に過ぎて肉親の死を送る態度として如何《いかが》なものか、というのでもなく、悲しみの感じ方、表わし方が、いままでの常識とか仕来《しきた》りとかからさらりと抜け出していて、いかにも若い人らしい感懐を悪びれずに、とても素直に書いているな、とでも申せばよろしいのでしょうか、そんな思いを抱いたのでありました。

まあ普通にいけば、現代人の死場所は、家族から遠ざけられた、無愛想な白い四角い病院ということになります。完全看護とか言われてしまって、病人は病院に委《ゆだ》ねるほかありません。

だんだん悪くなっていくのが分かっていても、夕方になれば、病人を置き去りにして帰るより仕方ないのであります。

感情の揺れを伏せてしまって書けば、夜には夫との日常がありますから、〈私はおとこの腕の中にいました〉となるのであります。

その次は、お父さんが亡《な》くなった後に湯呑《ゆの》みが残っている、というお話になります。人間は、生きている間忙しく動きまわった挙句《あげく》に、ふっといなくなってしまうのに、茶碗《ちゃわん》はそこにあって動きません。誰かが片づけてしまわない限り、ずっと。

〈あなたの湯呑みはここにあるのに／あなたはどこにもいない〉という表現による、空虚、喪失感の摘出は的確であります。

その次の、言えなかった言葉のところも、率直でいいと、私は思いました。たとえ一日でも一時間でも、生命を延ばすことが、人間のとる道であるかのような、一般的な考え、風潮の中で、できるだけのことはしました、という自己満足、あるいは、治療を断わり難いという医師への遠慮、その陰にある病人の不毛の苦しみなどが錯綜《さくそう》して、この辺はとても複雑な問題を孕《はら》んでいます。

なかなか、〈もう死んでもいいよ〉とは、言えないのであります。

江國さんも、ほんとうは言ってあげたかったけれど、やっぱり言えなかったのでありま す。

だから、前後を一行ずつ空けた、

〈ごめんね。〉

が、とても効いています。

万感がこめてあります。

私なども、自分が死ぬ時に、娘どもはどんな気持ちになるのかなあ、とこの年齢になると、時に考えるのでありますが、それはそれといたしまして、江國さんの父と娘の関わり方と申しますか、人間関係のとらえ方と申しますか、そんなところにいささか興味を惹《ひ》かれましたので、江國さんって、ほかにはどんな詩を書いているのかな、と思い、早速注文いたしまして取り寄せたのが、単行本の、詩集『すみれの花の砂糖づけ』であります。（私の住む町は、江國さんの詩集が並べてあるような書店などない田舎の町なのであります）

案の定、『すみれの花の砂糖づけ』は、なかなか読み応《ごた》えのある詩集でありました。人間と人間との距離の取り方が絶妙で、物言いがはきはきとしていて小気味よいこと、頬も赤らめずにかなりの秘密でもあっけらかんとして喋《しゃべ》ってしまうみたいなところがあり楽しかったし、若いっていいな、と思いました。

単刀直入で、素肌で勝負！　みたいなところがあって、生きがよくて魅力的でありました。

「きたえられた肉体」（この文庫では七〇ページ）、「MAGIC」（九八ページ）、それに「願い」（一一〇ページ）などは、読んで、少し困ったような気持ちになったり、それから、少し羨《うらや》ましく思ったりしました。

さて、単行本の『すみれの花の砂糖づけ』に十二篇を増補して七一篇を納めた折角のこの大きな花束の中から、あと僅《わず》か二、三篇を抜き出して賞《め》でてみても「解説」にはならない、という思いもありますが、紙数の許す範囲で、もう少し作品をとりあげてまいります。

七六ページに掲載の「退屈」。

どうですか。これは、小さな頃の思い出でありましょう。ちょっと感受性の強い、ちょっと引っ込み思案の女の子の様子が活写されています。へいにもたれて、しじみちょうとかげだけに、少しだけ気を許して、あとはせかいぜんぶをむこうにまわしたつもりの少女。

彼女は、すでにかなり明らかに、生きることの淋《さび》しさ―その真実―を摑《つか》んでいます。その淋しさを、ただ嘆くのではなく、この詩のタイトルは、「退屈」となっているのです。その、怖さ。

〈ちびだった／なまいきだった／めだけはいつもあけていて／なにもかもみてやる／とおもっていた〉（「ちび」、一六ページ）というのですから、そんなに気負って、小さな自分をとり巻く世の中に、目を見開いて、鋭い視線を走らせていたというのですから、江國香織さんは、はじめから並みの女の子ではなかったのであります。そう思うほかありません。

それでは、次に、「カミングホーム」を読んでみましょう。（三〇ページ）

ここには、〈おうち〉とか、〈遊びつかれて〉とかありますから、前の「退屈」より大分成長されてからでしょうけれど、まだ高校生くらいでしょうか。大学生？　タクシーで帰ってくるんですものね。

これって恋愛？　疑似恋愛？

十二分に遊びほうけて帰ってきても、胸の中が虚《むな》しい、というのはいかにも江國さんらしいですが、大きくなっても、と申しますか、この詩からも、三六ページの「おすべりだい」の詩などからも、恵まれて育ったように推測される彼女が、小さい頃から抱えている、あるいは気づいてしまった、人生に対する虚しい思いが、胸の中で確実に育っている、という感じがします。

「やかん」という詩があります。（五四ページ）

〈幸福とよんでも　かまわない〉と、江國さんは書いています。この詩では、やかんが「家」のシンボルのように出てきます。やかんがあって、父がいて、母がいて、穏やかで、幸福とよんでもかまわない、と書いています。やっぱり江國さんは幸せに育っているんですね。しかし、家は、家というものは不思議だ、と彼女は感じています。

それから、もっと大人になって。

三二ページの「誰かあのひとに」、三四ページの「深夜あなたはそこにいて」、そして六二ページの「あたしはリップクリームになって」、そんな恋の詩を読んでみましょうか。

この三篇にうたわれている恋愛は本気ですね。本気ですが不倫ですね。（でも、不倫なんて、その善《よ》し悪《あ》しなんて、虚しいこの世の、むなしい約束ごとにすぎませんから）

「誰かあのひとに」では、都合のいいところだけでなく、私の身体《からだ》の奥のど真ん中にある、女の芯《しん》の芯まで奪え、とうたい、「深夜あなたはそこにいて」では、逢うこともままならない切なさを訴えています。「あたしはリップクリームになって」では、あなたをあなたの妻からも護《まも》りたい、といっています。三篇とも、烈《はげ》しい恋情をぶつけています。

この詩集には、どのページも、どのページも、結局〈だれのものでもなかったあたし―江國香織―〉が、奔放に、打ち上げ花火のように弾《はじ》けています。

「だれのものでもなかったあたし」は、この詩集の序詩のように巻頭に置かれた短い詩ですが、結局、江國さんは、だれのものにもならなかった、そして、なれない、のではないかと、私は思うのであります。

一三二ページの「私はとても身軽です」をご覧になるといい。

〈そばにいる／と／いってくれてありがとう／でも　あなたはここにいないので／私はとても　身軽です〉

そんな風にうたっています。

「あたし　コウモリになって」(一六二ページ)では、

〈恋なんか絶対にしない／闇夜にはひょいととびまわり／月夜には安心して眠る／あたし／コウモリになって夜の森に住みたい〉

と書いています。

やっぱり、江國さんは、どうしても、恋人や、家族や、世間と折り合えないところがあるに違いないのです。江國さんの中には、どうしても出ていこうとしないそんな同居人が、子どもの時から住みついているのです。

そして、結論。

無題

どっちみち
百年たてば
誰もいない
あたしもあなたも
あのひとも

（一三六ページ）

江國さんの、幼い頃からの、この筋金入りの、「さわやかなニヒリストぶり」が、なんともいえずいいじゃないですか。

この詩は、最初にとりあげた詩、「父に」の最後のところ、〈私も　じきにいきます。／いまじゃないけど。〉とも呼応して、響きあっているような気がします。

（平成十四年九月、同人誌「高麗峠」編集人）

この作品は1999年11月理論社より刊行された単行本に、
以下の作品を加えました。

おやつの時間　「東京人」2001年3月号掲載

言葉はいつもあたしをいさましくする
こんなに晴れた真昼ですから
時間
子供部屋みたいな寝室で
つめたいメロン
パルミラにて
ぐわりとさびしくなるのでしょう
友達の声
あたし　コウモリになって
おんなが三にん、テーブルで
以上10作品は、「ミセス」2001年3〜12月号掲載、「あしたに見る夢」より

あたしにお説教をするのはやめて　「MOE」2001年9月号掲載

江國香織著

きらきらひかる

二人は全てを許し合って結婚した、筈だった……。妻はアル中、夫はホモ。セックスレスの奇妙な新婚夫婦を軸に描く、素敵な愛の物語。

江國香織著

こうばしい日々

坪田譲治文学賞受賞

恋に遊びに、ぼくはけっこう忙しい。11歳の男の子の日常を綴った表題作など、ピュアで素敵なボーイズ&ガールズを描く中編二編。

江國香織著

つめたいよるに

愛犬の死の翌日、一人の少年と巡り合った女の子の不思議な一日を描く「デューク」、デビュー作「桃子」など、21編を収録した短編集。

江國香織著

ホリー・ガーデン

果歩と静枝は幼なじみ。二人はいつも一緒だった。30歳を目前にしたいまでも……。対照的な女性二人が織りなす、心洗われる長編小説。

江國香織著

流しのしたの骨

夜の散歩が習慣の19歳の私と、タイプの違う二人の姉、小さな弟、家族想いの両親。少し奇妙な家族の半年を描く、静かで心地よい物語。

江國香織著

すいかの匂い

バニラアイスの木べらの味、おはじきの音、すいかの匂い。無防備に心に織りこまれてしまった事ども。11人の少女の、夏の記憶の物語。

角田光代著 **キッドナップ・ツアー**
産経児童出版文化賞・路傍の石文学賞受賞

私はおとうさんにユウカイ(=キッドナップ)された！ だらしなくて情けない父親とクールな女の子ハルの、ひと夏のユウカイ旅行。

角田光代著 **さがしもの**

「おばあちゃん、幽霊になってもこれが読みたかったの?」運命を変え、世界につながる小さな魔法「本」への愛にあふれた短編集。

角田光代著 **しあわせのねだん**

私たちはお金を使うとき、べつのものも確実に手に入れている。家計簿名人のカクタさんがサイフの中身を大公開してお金の謎に迫る。

角田光代
河野丈洋 著 **もう一杯だけ飲んで帰ろう。**

西荻窪で焼鳥、新宿で蕎麦、中野で鮨、立石ではしご酒――。好きな店で好きな人と、飲む酒はうまい。夫婦の「外飲み」エッセイ！

角田光代著 **くまちゃん**

この人は私の人生を変えてくれる? ふる／ふられるでつながった男女の輪に、恋の理想と現実を描く共感度満点の「ふられ小説」。

角田光代著 **平凡**

結婚、仕事、不意の事故。あのとき違う道を選んでいたら……。人生の「もし」を夢想する人々を愛情込めてみつめる六つの物語。

原田マハ著
楽園のカンヴァス
山本周五郎賞受賞

ルソーの名画に酷似した一枚の絵。秘められた真実の究明に、二人の男女が挑む！ 興奮と感動のアートミステリ。

青山七恵著
かけら
川端康成文学賞受賞

さくらんぼ狩りツアーに、しぶしぶ父と二人で参加した桐子。普段は口数が少ない父の、意外な顔を目にするが――。珠玉の短編集。

朝吹真理子著
きことわ
芥川賞受賞

貴子《きこ》と永遠子《とわこ》。ふたりの少女は、25年の時を経て再会する――。やわらかな文章で紡がれる、曖昧で、しかし強かな世界のかたち。

朝吹真理子著
流跡
ドゥマゴ文学賞受賞

「よからぬもの」を運ぶ舟頭。水たまりに煙突を視る会社員。船に遅れる女。流転する言葉をありのままに描く、鮮烈なデビュー作。

彩瀬まる著
あのひとは蜘蛛を潰せない

28歳。恋をし、実家を出た。母の〝正しさ〟からも、離れたい。「かわいそう」を抱えて生きる人々の、狡さも弱さも余さず描く物語。

上橋菜穂子著
狐笛のかなた
野間児童文芸賞受賞

不思議な力を持つ少女・小夜と、霊狐・野火。森陰屋敷に閉じ込められた少年・小春丸をめぐり、孤独で健気な二人の愛が燃え上がる。

上橋菜穂子著

精霊の守り人

野間児童文芸新人賞受賞
産経児童出版文化賞受賞

精霊に卵を産み付けられた皇子チャグム。女用心棒バルサは、体を張って皇子を守る。数多くの受賞歴を誇る、痛快で新しい冒険物語。

上橋菜穂子著

闇の守り人

日本児童文学者協会賞・
路傍の石文学賞受賞

25年ぶりに生まれ故郷に戻った女用心棒バルサを、闇の底で迎えたものとは。壮大なスケールで語られる魂の物語。シリーズ第2弾。

上橋菜穂子著

夢の守り人

路傍の石文学賞・
巌谷小波文芸賞受賞

女用心棒バルサは、人鬼と化したタンダの魂を取り戻そうと命を懸ける。そして今明かされる、大呪術師トロガイの秘められた過去。

上橋菜穂子
チーム北海道著

バルサの食卓

〈ノギ屋の鳥飯〉〈タンダの山菜鍋〉〈胡桃餅〉。上橋作品のメチャクチャおいしそうな料理を達人たちが再現。夢のレシピを召し上がれ。

小川洋子著

薬指の標本

標本室で働くわたしが、彼にプレゼントされた靴はあまりにもぴったりで……。恋愛の痛みと恍惚を透明感漂う文章で描く珠玉の二篇。

小川洋子著

まぶた

15歳のわたしが男の部屋で感じる奇妙な視線の持ち主は？　現実と悪夢の間を揺れ動く不思議なリアリティで、読者の心をつかむ8編。

すみれの花《はな》の砂糖《さとう》づけ

新潮文庫　え - 10 - 10

平成十四年十二月一日発行
令和六年十一月二十五日八刷

著者　江《え》國《くに》香《か》織《おり》
発行者　佐藤隆信
発行所　株式会社新潮社

郵便番号　一六二―八七一一
東京都新宿区矢来町七一
電話　編集部(〇三)三二六六―五四四〇
読者係(〇三)三二六六―五一一一
https://www.shinchosha.co.jp

価格はカバーに表示してあります。

乱丁・落丁本は、ご面倒ですが小社読者係宛ご送付ください。送料小社負担にてお取替えいたします。

印刷・株式会社精興社　製本・加藤製本株式会社

ISBN978-4-10-133920-7 C0192